« La fanfare des grenouilles » de Satoe Tone.
ISBN : 978-2-35067-088-1
Collection Petites Sornettes
© Balivernes Éditions, 2014 – 16, Rue de la Doulline – 69340 Francheville – France
Tous droits de reproduction, de traduction et d'adaptation réservés pour tous pays.
Loi n° 49.956 du 16 juillet 1949 sur les publications destinées à la jeunesse.
Dépôt légal : mars 2014 - Imprimé en Belgique par Proost.

# La fanfare
# des grenouilles

Satoe Tone

Balivernes Éditions

– La pluie, toujours la pluie !  J'en ai assez !
...Coa !  J'ai une idée !

– Ohé !  Pourquoi ne pas former
une fanfare, coa ?
Nous donnerions du bonheur
à tous avec notre musique !

– Coa !  Pourquoi pas ?
– Coa !  Bonne idée !

– Coa ! Allons-y !

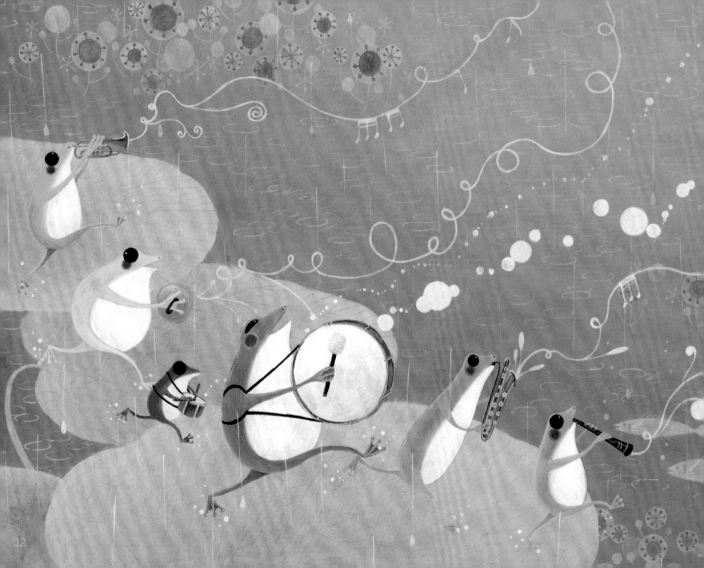

12

Coa !

Ouste la pluie, ouste !
Chantons tous et toutes !

– Quel concert ! Allons plus haut pour divertir les fleurs
et les insectes ! Coa !

Coa !  Coa !

Ouste la pluie, ouste !  Chantons tous et toutes !

– C'est magnifique !  Allons encore plus haut pour distraire
les arbres et les écureuils !  Coa !

Coa !  Coa !  Coa !

Ouste la pluie, ouste !  Chantons tous et toutes !

– Merci beaucoup !
Vous êtes une excellente fanfare !

C'est alors que les oiseaux s'approchèrent.
– Coa !  Bonjour !

– Pourriez-vous nous rendre un service ?
Nous aimerions réveiller le soleil.
Il s'est endormi dans les nuages...

– Cooaa !  Bien sûr !  Allons-y !

– Coa...  Les nuages de pluie sont trop épais.
Le soleil ne peut pas entendre notre musique...
Il faut que tous viennent nous aider !

– Ohé !  Écoutez-moi tous !  Pouvez-vous chanter avec nous ?
Coa !  Nous avons besoin de vous pour réveiller le soleil !
– Bien sûr !

Ouste la pluie, ouste !
Chantons tous et toutes !

Coa ! Coa ! Coa ! Coa !

Ouste la pluie, ouste ! Chantons tous et toutes !

Ouste la pluie, ouste ! Chantons tous et toutes !

Ouste la pluie, ouste ! Chantons tous et toutes !

Ouste la pluie, ouste ! Chantons tous et toutes !

– Bonjour !  Te voilà enfin, soleil !  Avec toi,
tout le monde va vraiment pouvoir s'amuser !
– Mille mercis à vous, la fanfare des grenouilles !